NOTICES

LÉON DE ROSNY

NOTICES

1863

DISCOURS

PRONONCÉ À L'OUVERTURE

DU

COURS DE JAPONAIS

À l'École impériale et spéciale des langues orientales

PAR

LÉON DE ROSNY.

PARIS

MAISONNEUVE ET Cⁱᵉ, LIBRAIRES ÉDITEURS

15, QUAI VOLTAIRE, 15

1863

DISCOURS

PRONONCÉ A L'OUVERTURE

DU

COURS DE JAPONAIS

1863

Imprimerie [illegible]

DISCOURS

PRONONCÉ A L'OUVERTURE

DU

COURS DE JAPONAIS

à l'École impériale et spéciale des langues orientales

PAR

LÉON DE ROSNY.

PARIS

MAISONNEUVE ET Cⁱᵉ, LIBRAIRES-ÉDITEURS,
15, QUAI VOLTAIRE, 15.

1863

DISCOURS

PRONONCÉ A L'OUVERTURE

DU

COURS DE JAPONAIS

le 5 mai 1863.

MESSIEURS,

[illegible] l'étude de la langue écrite et parlée des Japonais,
[illegible] ce cours doit être exclusivement consacré, j'ai pensé
[illegible] permettriez de vous exposer en peu de mots les circon-
[illegible] ont fait établir en France ce nouvel enseignement,
[illegible] qu'il peut offrir pour les sciences, la littérature, l'in-
[illegible] développement de nos relations politiques et commer-

[illegible] japonaise, que grâce à la bienveillance de S. Exc. le Mi-
[illegible] Instruction publique et des Cultes je suis appelé à ensei-
[illegible] que, comme à la fois parmi les langues les plus

de toutes celles qui ont produit une litté... dote d'une valeur réell...
elle est restée à peu de choses près, jusque dans ces derniers temps,
une *terra incognita* dans le vaste domaine de la philologie moderne.

Entre diverses causes auxquelles on peut attribuer le peu de progrès qu'ont fait pendant plus d'un siècle les études japonaises en
Europe, il faut surtout mentionner les obstacles que présen... au...
orientalistes l'écriture employée par les insulaires du Nippon. Cette
écriture, mal arrêtée, cursive jusqu'à l'impossible, composée de plusieurs systèmes de signes sans cesse confondus, infiniment [illegible]
pliquée et plus indécise qu'aucune autre écriture connue [illegible]
inextricable aux travailleurs les plus zélés, et il n'y avait pas jusqu[illegible]
apôtres de la foi chrétienne qui ne s'en plaignissent amèrement.
Aussi, tous les missionnaires qui ont écrit sur la langue japonaise
sont-ils abstenus de traiter de ses alphabets, et pour [illegible]
ce silence, l'un d'eux, le père Oyanguren de San... Inès, a dé-
claré qu'il voyait dans leurs signes « une œuvre du démon [illegible]
pour augmenter les peines des ministres du saint Évang... »

L'emploi d'une telle écriture ne pouvait encourager à l'étude d[illegible]
idiome qu'un autre missionnaire, le P. M[illegible], avait déjà [illegible]
présentant une complexité peu normale [illegible]

[illegible] Constitutosulo de la lengua [illegible]
[illegible] del santo Evangelio [illegible]

[illegible] dans la [illegible]

pratiques [illegible] et dans la littérature ; diffèrent dans le style
épistolaire et dans le style des livres ; diffèrent suivant le rang de la
personne qui parle, et diffèrent encore suivant le rang, la qualité de
la personne à qui l'on parle ; diffèrent chez les nobles, chez les bour-
[geo]is et dans le bas peuple ; diffèrent chez les prêtres et chez les laï-
[ques] ; diffèrent chez les hommes et chez les femmes ; bref, un lan-
[ga]ge infernal dont on ne pouvait trouver l'analogue qu'en se reportant
[...] que de la tour de Babel)

[M]ais on manquait d'instruments d'étude. Les successeurs de saint
[F]rançois-Xavier avaient bien fait paraître, il est vrai, quelques gram-
[mai]res et quelques vocabulaires ; mais ces ouvrages, qui suffisaient,
[sans] doute aux missionnaires, ne répondaient en aucune façon
[aux be]soins des orientalistes européens ; les uns parce qu'ils étaient
[fai]ts spécialement pour l'usage des indigènes, les autres parce
[qu'ils ét]aient imprimés sans caractères originaux et composés sui-
[vant une mé]thode le plus souvent défectueuse. Le Dictionnaire latin-
[ja]ponais publié à Amakousa, notamment, au lieu de donner une
[tradu]ction nette et précise des mots qu'on y cherche, leur substitue
[souv]ent des définitions ou des locutions aussi vagues qu'em-
[barrass]antes pour les étudiants.

[Quan]t à l'emploi des lettres latines pour transcrire les mots indi-
[gènes,] il est aisé de voir combien il est insuffisant si l'on songe que
[ces] mots font usage de signes qui rappellent à l'esprit des objets
[ou des id]ées, mais non des sons. Dans le cas où il se présente des
[noms ...] l'on n'y [...] — les textes japonais l'offrent la
[...] Pour ne [...] qu'un

[illegible] ... Nous en [illegible]

[illegible] je [illegible] en plus [illegible] religieuses [illegible] attache, [illegible] un livre [illegible] mais pour un sens [illegible] les [illegible] dans les vocabulaires en question [illegible] rapporte la [illegible] des [illegible] rations qui au lieu d'éclairer le lecteur, ne servent qu'à [illegible] ses idées.

On le [illegible] prend [illegible] deux [illegible] composés, les vocabulaires [illegible] mal faits ne [illegible] peuvent que d'un très médiocre secours pour l'intelligence du [illegible] et pour [illegible] du contexte [illegible] de ce genre ne peut y [illegible] pour la traduction du [illegible] japonais. En outre, les documents qui y [illegible] renvoient [illegible] les portes du Japon [illegible] dont la production [illegible] [illegible] des [illegible] seulement parvenues en Europe [illegible] de ceux-là même qui [illegible] par les [illegible] [illegible] des [illegible] [illegible] [illegible] que [illegible] [illegible] expliqué [illegible]

[illegible]

[...] et le père Rodrigues [...] de la [...] les textes dans [...] vente qui [...] en [...]

À part [...] petit nombre de livres composés par les pères de la Compagnie de Jésus, livres qui n'ont plus guère aujourd'hui qu'un intérêt [...], on manquait des grands textes [...] indigènes

[...] et Viel Betains essayèrent [...] leur [...] d'introduire [...] l'étude de la langue japonaise. Leur première idée, [...] le [...] but, fut de provoquer la publication de l'abrégé de la [...] du père Rodriguez qui se trouve en manuscrit à la Bibliothèque [...] de Paris. Ce manuscrit, [...] dit porté de [...] aux [...] et sous les auspices de la Société asiatique. [...] [...] l'éditeur [...] qu'il [...] il [...] pas des [...] une simple [...] [...] l'exactitude [...] laquelle [...] [...]

[...] [illegible] [...] pour [...] de la [...] qu'elle [...] près de la [...] [...] Viel [...] les noms qu'il en [...] [...] sur le [...] [...] [...] [...] [...] [...] des [...] de la [...]

et des pronoms de la troisième semblables à ceux de la deuxième [...] sans l'être des pronoms de la première ; une particule du génitif qui servait également au nominatif ; des radicaux ne signifiant rien ; des conjugaisons d'une longueur effrayante ; des formes infinies et [...] un étalage de modes, de gérondifs, de suffixes et de particules qu[e] l'on trouve dans les grammaires [...] pères Rodriguez et Oyan[...]ren, mais qui disparaîtraient devant une méthode adaptée au [...] génie de la langue », etc., etc. Aussi, malgré de louables [...] tentatives de Klaproth et d'Abel-Rémusat [...] complétement, et on dut renoncer à une étude qui, [...] de [...] suffisants, était encore prématurée.

Seuls, les Hollandais, grâce au comptoir qu'ils avaient [...] ses à établir successivement à Firato et à Désima, pouvaient [...] nir, dans le contact des indigènes, les moyens de lever les [...] qui arrêtaient les orientalistes européens [1]. Engelbert [...] et Thunberg recueillirent bien quelques intéressantes [...] linguistiques durant leur voyage de Nagasaki [...] et [...] nes étaient pour la plupart [...] imparfaites et [...] pour servir à l'interprétation des textes. [...] Thunberg [...] que ces deux célèbres voyageurs, ont toutefois [...] profiter de son séjour au Japon pour obtenir des interprètes [...]

la traduction de plusieurs ouvrages originaux, notamment des *Annales des empereurs* et de la *Description des trois royaumes*. Ces traductions parvinrent entre les mains de Klaproth, qui les présenta et publia comme spécimens de la littérature japonaise. Les deux ouvrages étaient malheureusement d'une rédaction assez sèche, et la version française, surchargée de grands mots étrangers, n'était pas souvent d'une lecture facile et agréable. Ils furent cependant utiles des savants; et, encore aujourd'hui, malgré les nombreux contre-sens qu'on y découvre, on aime en les parcourant à louer le zèle de l'éditeur qui sut si souvent devancer avec succès la marche si lente, mais toujours utile et progressive, des études asiatiques.

Toutefois le génie de la langue japonaise était encore méconnu, et sa littérature se présentait aux orientalistes comme un sphynx aux nombreuses et décevantes énigmes. Le mémorable voyage de M. de Siebold fut, en 1826, le signal d'une ère nouvelle. Non-seulement cet illustre voyageur réunit une foule de faits précis sur tout ce qui concernait le pays qu'il s'était donné la mission d'explorer, mais encore il forma une riche collection de livres qui permit d'étudier sérieusement une langue demeurée lettre morte pour tous les talents et tous les efforts.

Elle fut exploitée avec succès pour la composition de sa grande et immense collection de documents intitulée *Nippon* [1], collection

---

[1] *Nippon, Archiv zur Beschreibung von Japan*, in-folio.

traducteurs également merite vers [illegible] la bibliothèque japonaise de M. de Siebold permit à M. Hoffmann, aujourd'hui professeur [illegible] lesté de [illegible]
les obstacles qui avaient arrêté Klaproth, Abel-Rémusat et plusieurs
autres orientalistes distingués. En même temps on s'occupait chez M.
M. Auguste Pfizmaier, entreprenant, avec une partie de ces [illegible]
ressources, l'interprétation de plusieurs textes de la Bibliothèque impériale et royale de Vienne, et offrant aux amateurs [illegible]
ment surpris le texte imprimé en types mobiles et la préparation d'une nouvelle comparée à la [illegible] par les célé-T [illegible]
romancier de cette capitale.

Ces premiers succès étaient encore peu de [illegible]
toutefois, pour que la philologie japonaise prit [illegible]
essor, pour qu'elle augmentât le nombre de ses adeptes, [illegible]
disposition de tous les ressources dont quelques uns
avaient pu profiter au prix des plus [illegible] labeurs; à [illegible] un
mot, livrer à la publicité la grammaire et le dictionnaire [illegible]

Siebold, en apportant en Europe sa riche collection [illegible]
exprime le vœu qu'elle servit de [illegible] de [illegible]
et il avait recommandé avec instance qu'elle fut [illegible]
tout spécialement sous les [illegible]

[illegible]

La France, qui a [illegible] pour la [illegible]
chinoise, la France, à laquelle appartient [illegible]
l'Europe lui [illegible] ne pouvait [illegible]
[illegible] Grâce aux ressources [illegible]
[illegible]

...aître, appliqua à rendre, dans les ouvrages originaux mis gratui-
tement à sa disposition, les éléments d'un dictionnaire japonais,
et en analysant les textes indigènes avec ces premières ressources,
il essaye de composer une *Introduction à l'étude de la langue japonaise*, expressément fondée sur l'étude de l'écriture indigène du
Japon. L'accueil bienveillant que reçut cet essai publié de
... encouragea l'auteur à s'engager plus avant dans la voie
... venait d'être ouverte. Il reprit avec ardeur l'élaboration de
... *Dictionnaire*, et grâce à quelques secours inespérés, dus à l'expé-
... de plusieurs grandes bibliothèques étrangères, il parvint à y
... près de quarante-cinq mille mots, tous notés avec les signes
... ... sont affectés dans l'écriture idéographique, et pour la
... ... accompagnés d'utiles exemples. L'apparition de la *Gram-
... japonaise*, composée par M. Donker-Curtius, commissaire
... ... à Dé-sima, et du *Dictionnaire japonais-russe* de
... ... Kawitch, contribuèrent peu après à corroborer l'exactitude
... résultats qu'il avait obtenus.
... arrivée en Europe de l'ambassade du Taï-koun, signala à son
... ... de progrès dans les études japonaises. À la connaissance
... ... langue des livres, on put ajouter la pratique du langage vul-
... ... La prononciation et l'accentuation des mots, l'emploi des
... ... populaires et des idiotismes, les variations de dialectes, ...
... ... d'acquisitions nouvelles, invité, par la bienveillance du
... ...tère des affaires étrangères, à accompagner aux frais de ce de...
... ... l'ambassade japonaise en Hollande, en Prusse et en
... ...

[...]traction. Je me ferai un devoir et un plaisir, Messieurs, de vous communiquer successivement les nombreux faits philologiques que j'ai pu recueillir pendant les journées et les veilles que j'ai [...] pas-sées au milieu d'une petite population de quarante Japonais [...] aimables qu'éclairés.

Désormais les obstacles si nombreux qui se sont opposés [...] sérieuse de la langue japonaise parmi nous tendent à s'aplanir [...] pour peu que quelques travailleurs intelligents s'adonnent avec [...] à l'exploitation de la mine neuve et riche qui s'ouvre devant [...] pourra entrevoir, dans un avenir prochain, l'époque où les mouve-ments de l'esprit japonais trouveront des interprètes autorisés [...] les principales langues européennes[1]. Ce n'est pas que je veuille dissimuler les difficultés peu communes que nous rencontrerons encore sur notre route: j'ai seulement le ferme espoir qu'avec votre concours assidu et sympathique nous parviendrons le plus [...] les surmonter.

Mais quel sera, Messieurs, le prix de ce concours que je [...] demande, et de quelle utilité sera pour vous la connaissance d[...] gue japonaise? — Un exposé succinct du [...]

---

[1] Le nombre des personnes qui sont en état de comprendre [...] est jusqu'ici si peu considérable que l'Angleterre [...] terprète sérieux à l'ambassade de lord Elgin à Yedo [...] que je [...] procurai, de M. Oliphant, secrétaire de la légation, [...] mais, en sorte qu'ils ne servaient pas à grand chose, puisque personne [...] lisaient les lire. — *La Chine et le Japon* [...]

Japon et de la littérature qui en est résultée, sera, je pense, la meil-
leure réponse que je puisse vous donner aujourd'hui.

II

On a souvent discuté sur l'origine des Japonais. Quelques savants
ont pensé qu'on devait les considérer comme les aborigènes de
l'archipel qu'ils habitent; d'autres ont cru leur découvrir une pro-
venance continentale. Les partisans de cette dernière opinion s'ap-
puyaient sur une légende chinoise, d'après laquelle le fameux empereur Tsin-chi Hoang-ti, l'incendiaire des livres, le persécuteur des
lettrés et le constructeur de la Grande-Muraille, aurait envoyé aux
îles de l'Extrême-Orient, pour y chercher le breuvage de l'immorta-
lité, une troupe de jeunes gens des deux sexes qui s'y serait établie
et serait devenue la première population du Japon. En supposant qu'on
puisse accorder quelque valeur historique à cette singulière légende,
il faudrait abandonner nécessairement la conclusion ethnographique
qu'on en déduit, car l'émigration en question passe pour avoir quitté
la Chine vers l'an 209 avant notre ère, tandis que les annales au-
thentiques du Japon remontent au moins à quatre siècles plus-
tard[1].

---

[1] M. Siebold va plus loin: il pense que les Japonais possédaient des
annales chronologiques avant le règne de leur empereur Zin-mou, c'est-
à-dire antérieurement à l'année 660 avant notre ère.

D'ailleurs, [illegible] [illegible] sortis de leur propre pays [illegible] au [illegible] de [illegible], s'accordent [illegible] [illegible] pas toute communauté d'[illegible] avec les autres peuples [illegible] ; persistent [illegible] [illegible] [illegible] le berceau de la race qui l'habite [illegible] [illegible]. Le Japon, dit un auteur japonais, est le peuple [illegible] monde; aussi n'a-t-il jamais été abandonné [illegible] l'étranger [illegible]. Seul il a donc pu fournir des [illegible] [illegible] et tout le reste de la terre [illegible] d'où [illegible] sa population. »

Les lettrés japonais ne recueillent, [illegible] est [illegible] légendes cosmogoniques de ce genre qui s'[illegible] [illegible] [illegible] classes de leurs compatriotes. [illegible] ils ne [illegible] anciens habitants de leurs [illegible] [illegible] [illegible] [illegible] sistent néanmoins pour affirmer que [illegible] [illegible] [illegible] [illegible] aux premiers événements de l'[illegible] [illegible] barbares, et uniquement que le [illegible] [illegible] [illegible] raison [illegible] chez eux [illegible] [illegible] relativement [illegible] [illegible] [illegible]

[illegible]

[illegible] [illegible] plusieurs [illegible] [illegible] [illegible] d'ailleurs [illegible] [illegible] sur les [illegible] du [illegible] [illegible]

[illegible]

[illegible] les plusieurs de cette famille avec le japon
[illegible] et a [illegible] le problème [illegible] arabes dans ses
[illegible], et à propos de la lumière sur l'histoire pri-
[illegible] et la filiation de ces tribus nombreuses et remuantes
[illegible] qui [illegible] [illegible] depuis les rivages du Bosphore jus-
[illegible] confins de l'extrême Orient. La philologie moderne a porté
[illegible] [illegible] en prenant, dans l'histoire depuis les ont
[illegible] et, [illegible] [illegible] faut nous mode à penser
[illegible] [illegible] [illegible] d'aussi utiles résultats en ce qui touche
[illegible] [illegible] peuple [illegible].
[illegible] publiquement très moderne dans l'Asie septentrio-
[illegible] [illegible] tout détail, il reste une profonde inscrite
[illegible] [illegible] pareille à l'écorce éternelle de [illegible]
[illegible] et belliqueuse qui [illegible] conduite par les
[illegible] [illegible], les Turcs [illegible] semble [illegible] d'autre
[illegible] [illegible] au camp de l'armée [illegible] une [illegible] sans
[illegible] que le sang, à la lueur du combat, [illegible] incendies. L'un
[illegible] [illegible] offre pour cette étude les plus précieuses
[illegible] [illegible] de singulières affinités entre les classes
[illegible] [illegible] la zone [illegible] et dans les [illegible] de l'Asie [illegible]
[illegible] [illegible] qui [illegible] ses limites extérieures, des
[illegible] [illegible] analogues et des [illegible] établies de [illegible]
[illegible] lesquelles, [illegible] [illegible] [illegible] par leur nature
[illegible] [illegible] [illegible] de la plus [illegible] [illegible]
[illegible] [illegible] même pour l'état philologique de l'antiquité du
[illegible] [illegible] [illegible] l'[illegible] [illegible] [illegible] [illegible] [illegible]

...res du langage commencèrent [illegible] en Chine lors [illegible] premières relations entre les deux pays. La prononciation [illegible]
des signes figuratifs du Céleste-Empire a été religieusement gardé[e]
du moins en ce qui touche à ses caractères fondamentaux, et [illegible] à
l'aide d'une écriture phonétique et par conséquent susceptible [illegible]
rendre d'une manière fixe et certaine les intonations de la voix, [illegible]
locutions inusitées ou vieillies chez les Chinois de nos jours [illegible] se
trouvent avec leur forme originale, et il n'y a pas jusqu'aux [illegible]
tions de grammaire survenues avec le temps, que n'aient [illegible] les
traces au Japon pour nous apprendre comment [illegible] parlait [illegible] au con-
tinent asiatique au siècle reculé de la dynastie des Han [illegible]. Ces [illegible]
linguistiques des vieux âges acquièrent une immense portée [illegible]
quand on songe qu'ils ouvrent une voie sûre par laquelle
d'ilton peut remonter à ce qu'on a souvent appelé [illegible] na-
tif du langage. Ils nous fournissent un acheminement [illegible]
science positive, vers la connaissance de l'homme [illegible] sa [illegible] civilisation, un rayon de clarté qui, [illegible] les [illegible]
profondeurs du passé [illegible] à l'aide [illegible] de plus [illegible]
[illegible] des plus [illegible] [illegible] [illegible] [illegible].

Mais ce n'est pas seulement pour [illegible] l'histoire [illegible] [illegible]
que la connaissance du japonais [illegible] [illegible]
imprévus, c'est aussi pour l'histoire [illegible] [illegible]
plus [illegible] religions [illegible] [illegible]
[illegible]

s'introduire en Chine au premier siècle de notre ère. La doctrine de Çakya-Mouni gagna la presqu'île de Corée en 372, et de là traduite dans l'archipel japonais environ deux siècles plus tard. Malgré le caractère essentiellement pacifique de ses préceptes et [illegible] qui animait ses propagateurs, elle éprouva d'abord une vive opposition dans le Nippon. Les souverains de ce [illegible] qui, en qualité de descendants directs d' *[illegible]* [illegible] qui brillait au firmament — autrement dit « le soleil » — [illegible] dans leur personne les pouvoirs civils et religieux, ne voyaient pas sans déplaisir la prédication d'une religion étrangère [illegible] avec la religion nationale. Ils ne purent toutefois résister bien [illegible] au prestige qui accompagnait les missionnaires de la foi [illegible], et ils se décidèrent [illegible] l'embrasser eux-mêmes, sauf [illegible] chercher ensuite, dans l'intérêt de la politique, les moyens d'en concilier les dogmes avec les préceptes de l'ancien culte de leurs pères [illegible] bouddhisme [illegible] de façon que de nombreux [illegible] missionnaires et [illegible] vinrent s'y établir, apportant avec eux les livres sacrés de Çakya et les ouvrages qui pouvaient servir à leur explication ou à leur développement. Sur tous les points de l'ar[illegible] on construisit des monastères, et, par une règle scrupuleuse [illegible] observée, on rendit obligatoire dans chacun d'eux l'existence [illegible] bibliothèque. Puis on composa une écriture assez semblable [illegible] de l'Inde pour reproduire les [illegible] textes indiens dans les tra[illegible] l'emploie [illegible] de police pour raconter au peuple les [illegible] des [illegible] religieuses.

[illegible]

[illegible] que le [illegible]
[illegible]
de nombreux adhérents et qui p[illegible]
[illegible] les [illegible] de leur [illegible]
[illegible]graphique [illegible]
[illegible]
[illegible]
[illegible] cette même religion [illegible]
l'Orient, s'il l'a atteinte, n'a [illegible]

Vous le voyez, Messieurs [illegible]
l'école du bouddhisme de [illegible]
qu'il doit y avoir pour [illegible]
[illegible] on ne peut guère douter que [illegible]
qui, comme je vous l'ai dit, existe et [illegible]
Japon, il n'a[illegible] été conservé que [illegible]
originaux que nous ne retrouvons plus et [illegible]
et qui sont [illegible]
plusieurs d[illegible]

Je ne vous [illegible]
les Japonais ont traduit et co[illegible]
philologie et de critique qu'ils [illegible]
[illegible]
Un simple aperçu de cette [illegible]

le verbe inaltéré des premiers âges. Des drames, généralement
historiques et religieux, ont été composés plus tard en dialecte [illegible]
Yamato ; et, de nos jours, c'est encore dans ce curieux dialecte q[ue]
s'expriment les poëtes réunis à Myako, capitale de l'empire, p[our]
animer de leurs chants la résidence du souverain-pontife.

De nombreux monuments historiques ont bientôt après vu le [jour]
au Japon. Les plus importants d'entre eux ne nous sont guère[s]
nus que de titre. Parmi ceux qui sont parvenus en Europe, il en [est]
cependant plusieurs auxquels il est impossible de refuser un vé[ri-]
table mérite littéraire. Il ne faudrait pas juger des historiens j[...]
par l'Aperçu historique du moine Ryoun-saï Rin-zyou, le seul [...]
de ce genre qui ait été traduit jusqu'à présent. Cet ouv[rage]
n'est autre chose qu'une sorte de tableau chronologique de la [suc-]
cession des mikado, ne saurait donner une idée du style des [...]
tables historiens tels que le *Nippon ki* et le **Dai-hei ki**, [...]
propose d'étudier avec vous à la fin de ce semestre

Aux amateurs de littérature plus légère, je pourrai [...]
une foule de romans dans tous les genres qui paraissent ch[...]
au Japon pour défrayer les loisirs des dames et de[...]
Parmi ces romans, il en est qui, par leur composit[ion]
raient sans doute d'un certain succès en Europe; a[u]
contraire ne pourraient intéresser qu'un petit nombre d[e]
curieux de s'initier aux mœurs intimes et inconnues de[...]
tions les plus singulièrement organisées du monde. Je [...]
pas de ces romans *sans fin* que continuent plusieurs [...]
romanciers et qui [illegible]

faveur avec laquelle on ne cesse d'accueillir leur publication pério-
dique dans les principales villes du Japon [1].

Les traités géographiques, bien que nombreux dans la littérature
qui nous occupe, ont peut-être pour nous un intérêt secondaire. Il
faudra en excepter toutefois les anciennes relations des pèlerins
bouddhistes, rares à la Chine, et qui, au dire de mon savant ami
Saï to Daï-no zin, se rencontrent assez facilement dans les bibliothèques de Miyako, de Yédo, d'Ohosaka et de quelques autres grandes
villes. Les personnes qui s'intéressent à la géographie particulière du
Nippon, trouveront sans peine à se procurer des Manuels de topo-
graphie, composés avec une précision remarquable, et des routiers
dans lesquels on n'a omis aucun renseignement de nature à intéresser les touristes qui parcourent le pays à petites journées.

De toutes les branches de la littérature japonaise, il n'en est peut-
être aucune qui soit aussi richement représentée que l'histoire na-
turelle et la médecine. Il est incroyable combien les savants du
pays ont composé de livres et de mémoires sur tout ce qui a trait
de près ou de loin à ces deux grandes sciences. Chez un peuple essentiellement observateur, de tels écrits ne peuvent manquer de renfer-
mer des faits nouveaux et inconnus parmi nous. Les plus importantes
découvertes ne sont souvent que l'effet du hazard ; les recherches
poursuivies d'après les méthodes les plus savantes n'aboutissent au

---

[1] Il serait intéressant de faire venir du Japon, l'histoire imaginaire de l'Il[illegible] réputée comme une des plus remarquables productions du génie qui[illegible] et qui a été publiée à Yédo par le fameux romancier Bakin[illegible] le titre de [illegible].

[illegible] qu'à [illegible]
[illegible]
[illegible]
et [illegible] ainsi [illegible]
possède des facultés et les [illegible]
raison doit-on s'attendre à trouver [illegible]
[illegible] avancé qui examinera tous [illegible]
liités de la nature.

Au Japon, [illegible]
deux aspects de la [illegible]
qui ne se préoccup[illegible] que des [illegible]
[illegible], c'est l'école nouvelle [illegible]
logie humaine, et initiée aux [illegible]
che à approprier aux [illegible]
tion acquis par les praticiens [illegible]
connaître chaque année les [illegible]
deux [illegible]

Les [illegible]
études chez les Japon[illegible]
ne répandent souvent que leurs [illegible]
ment inférieurs en fait de [illegible]
qu'en [illegible]
bleurs, [illegible]
leurs [illegible]
soit [illegible]

[illegible] [illegible] s'[illegible] apporté des [illegible] que [illegible] ont été [illegible]
[illegible] été confirmées par le [illegible] ex mémoire de M. Ber-
[illegible] l'opinion de l'illustre [illegible]. Or très-[illegible] util [illegible]
[illegible] que [illegible] de faille [illegible] [illegible] à [illegible] part
[illegible] les [illegible], attentives des [illegible] qu'on a [illegible] fait [illegible]
[illegible] qu'il [illegible] en jour de [illegible] leur les [illegible] de [illegible]
[illegible] et [illegible] faire [illegible]. [illegible] ne peut [illegible] des [illegible]
[illegible] [illegible] en [illegible] [illegible]
[illegible] [illegible] logiques [illegible]. [illegible]
des ouvrages scientifiques japonais, des feuilles [illegible]
[illegible] la mauvaise odeur, est d'ordinaire assez choquant [illegible]
[illegible] mélange de sérieuses difficultés aux personnes qui
[illegible] probablement, s'il y avait [illegible] [illegible]
[illegible] des [illegible] qu'elles [illegible] [illegible]
[illegible]
[illegible]
[illegible]
[illegible]
[illegible] des nombres [illegible] d'après des [illegible] [illegible]
[illegible]

[...] ne [...] pas moins d'attirer votre attention ».

Mais il est temps de m'arrêter. Moi aussi je pourrai comme François-Xavier [...] lettres de Loyola [...] lorsque je parle les Japonais, ils [...] mon cœur. « Ceux d'entre vous qui [...] leur langue, qui se trouveront [...] tions de bonne intelligence, repousse[...] noncés par les personnes qui les ont fréquentés [...] tendre ni en être entendus [...] rapporteront [...] Froës : « que les Japonais, par la bonté, par l'heureuse nature, par l'excellence de leur esprit, [...] peuples de notre Europe. » Ils ajouteront [...] possèdent des qualités intellectuelles [...] assoupies chez les autres nations asiatiques.

« Deux siècles de paix, dit le docteur von Siebold, ont élevé la civilisation japonaise [...] civilisations de l'ancien monde [...] parmi tous les peuples de l'Orient [...] merce et de villes, marchés [...] l'avenir seul [...]

[...] population, les exigences d'une politique longtemps isolée du
reste du monde, l'embarras de concilier les vieux intérêts d'une
aristocratie féodale puissante et les intérêts nouveaux créés au sein
du pays depuis l'ouverture des relations commerciales avec l'Occi-
dent; les préjugés religieux du peuple exploités par les grands et
mis en opposition avec le mouvement libéral qui se manifeste
[...] dans la classe instruite: tous ces éléments divergents d'ac-
[...] sociale contribuent à maintenir la nation japonaise sur un
[...] mouvant et volcanique. On ne peut douter néanmoins que la
[...] qui se développe en ce moment, n'aboutisse aux plus
[...] résultats. L'ambassade du Taï-koun, qui a étudié avec
[...] finesse d'appréciation et une perspicacité peu commune la
[...] présente des états européens, remplira sans doute un rôle
[...] dans la transformation prochaine du Japon. Un des
[...] de cette ambassade, peu de temps avant de quitter la
[...] sur la seconde fois, me disait : « Je ne puis plus dormir
[...] quand je songe combien il manque de libertés à ma
[...] Il en était arrivé à cet état intellectuel qui ne cesse
[...] d'agiter, à l'heure des révolutions, chez les hommes appe-
[...] aux destinées de leur pays. Il avait enraciné dans
[...] outre une foi ardente en des temps meilleurs, les germes
[...] d'une noble passion qui [...] aussi bien à Yédo qu'à Paris,
[...] les hommes en de grands citoyens.
[...] Messieurs, où en est le Japon. Les intérêts politiques et
[...] de l'Europe [...] du peuple [...] ne peuvent
[...]

[illegible] et d'une [illegible] et [illegible] effets pour vous [illegible] que possible.

PUBLICATIONS DE M. LÉON DE ROSNY

RELATIVES AU JAPON

QUI SE TROUVENT CHEZ LES MÊMES LIBRAIRES

[illegible] . . . . [illegible] fr.

[illegible] . . . . [illegible] fr.

[illegible] . . . . [illegible] fr.

[illegible] . . . . [illegible] fr.

[illegible] . . . . [illegible] fr.

[illegible] . . . . [illegible] fr.

[illegible] . . . . [illegible] fr.

PUBLICATIONS DE M. LÉON DE ROSNY

RELATIVES AU JAPON

QUI SE TROUVENT CHEZ LES MÊMES LIBRAIRES

INTRODUCTION A L'ÉTUDE DE LA LANGUE JAPONAISE [...] 1862 [...] sept planches . . . .

MANUEL DE LA LECTURE JAPONAISE, à l'usage des voyageurs et des [...] qui veulent s'occuper de l'étude du japonais. Amsterdam, [...]

LE MÊME, traduit en hollandais. . . . .

MÉMOIRE SUR LA CHRONOLOGIE JAPONAISE, précédé d'[...] antéhistoriques. *Paris*, 1857; in-8 , avec planches.

REMARQUES SUR QUELQUES DICTIONNAIRES JAPONAIS et sur [...] cations qu'ils renferment, *Paris, Imprimerie impériale*, 1858; [...]

LA CIVILISATION JAPONAISE. Mémoire lu à la Société de géographie [...] *Paris*, 1861; in-8°. . . . .

NOTICE ETHNOGRAPHIQUE DE L'ENCYCLOPÉDIE JAPONAISE [...] *dzou-zé. Paris*, 1861; in-8 . . . .

RAPPORT sur le Dictionnaire japonais-russe de M. [...] bourg. Extrait du *Bulletin de l'Académie impériale des sciences* [...] 1861; in-8°. . . . .

NOTICES SUR LES ÎLES DE L'ASIE ORIENTALE, extraites d'ouvrages japonais et traduites pour la première fois sur les textes originaux. *Imprimerie impériale*, 1861; in-8°.

RAPPORT A S. EXC. LE MINISTRE D'ÉTAT sur le [...] japonais-anglais-français. Publié par autorisation de S. [...] *Paris*, 1862; in-8

L'EMPIRE JAPONAIS et les Archives de M. Siebold. *Paris, [...] riale*, 1862; in-8°.

RECUEIL DE TEXTES JAPONAIS à l'usage des personnes [...] japonais professé à l'École impériale des langues orientales, *Paris* in-8°. . . . .

Sous presse, pour paraître au mois de [...]

VOCABULAIRE SINICO-JAPONAIS, renfermant plus de [...] idéographiques, avec leur explication française et leur prononciation qu'elle est usitée au Japon. Trois ou quatre volumes.

En préparation

MORCEAUX CHOISIS DE LITTÉRATURE JAPONAISE traduits en français et accompagnés de [...]

DIALOGUES JAPONAIS-FRANÇAIS, in-8